Le bateau maudit

GÉRARD GUILLET

Le bateau maudit

ILLUSTRATIONS DE SYLVAIN BOURRIÈRES

Castor Poche

Une précédente version de ce texte a paru en 1992
dans la collection « Castor Poche ».

87, quai Panhard-et-Levassor – 75647 Paris Cedex 13
ISBN : 978-2-0812-8760-0

Chapitre 1

Nosy Be

Mokotro sortit sans bruit de la maison endormie. Il ne croisa personne dans les ruelles noires d'Ambataloaka. La mer berçait doucement les bateaux et les pirogues. Le vent tiède séchait les filets tendus sur les perches. Mais Mokotro le pêcheur tourna le dos au port et s'enfonça dans les bois. Silencieux et rapide, il disparut sous l'épais rideau de feuillage.

À pas furtifs, il se fondit parmi les ombres ténébreuses de la végétation. Par instants, il s'arrêtait net : retenant sa respiration, il épiait la rumeur nocturne. Au village, personne ne devait savoir. Aucun soupçon ne pèserait sur lui, l'honnête Mokotro. Nul ne l'imaginerait comme le premier voleur venu, dérobant une part du trésor de tous. Mais le métier de pêcheur était trop rude, trop incertain. Là-bas, à la grande ville d'Antseranana, la vie se gagnait sans doute plus facilement. Pour ses enfants, Tida et Zana, qui apprenaient bien à l'école, Mokotro paierait les études. Avec une miette du trésor, il paierait.

Il semblait suivre un chemin invisible que la nature cachait avec soin. De temps en temps les cris d'un animal perçaient la nuit. C'était l'heure de la chasse et du sang sur l'île de Nosy Be.

La forêt se fit moins sombre. Les branches laissaient filtrer la clarté de la lune. Mokotro était arrivé. Il y avait une grande clairière circulaire où seuls quelques petits arbres fragiles essayaient de grandir. Sur le sol, on voyait encore les traces d'un étrange labour. Sans perdre un instant, le pêcheur se mit au travail. Agenouillé, il déterra d'abord une pelle en fer. Ensuite, il creusa. Toute la nuit il creusa ; le jour n'était pas encore levé quand il découvrit enfin ce qu'il cherchait : un énorme fût métallique rouillé. À coups de pelle, Mokotro fit sauter le couvercle. Il ne put se retenir de rire, car sa joie était grande. Il saisit dans le fût un sac en plastique et s'enfuit à l'abri de la forêt, serrant son butin contre lui.

Au village d'Ambataloaka, Teniky le lémurien pinça l'oreille de Tida pour le réveiller. Il avait faim. Son petit maître de douze ans savait bien s'occuper de lui. Teniky lui tira encore l'oreille, Tida ouvrit les yeux et sourit. L'instant d'après ils dévoraient chacun une banane.

Papa Mokotro devait déjà s'activer à la pirogue pour préparer le filet. Tida et son petit compagnon allèrent le rejoindre sur la plage. Le soleil montait doucement derrière la ligne brune des côtes de Madagascar, mais les nuages bas appuyaient sur le ciel au-dessus de Nosy Be. Il y aurait de la pluie. Le garçon s'avança dans la mer pour se laver. C'était chaque matin son premier plaisir du jour. L'eau limpide et tiède faisait une douce caresse qui chassait les dernières traces du sommeil de la nuit.

Papa Mokotro n'était pas sur la plage. Personne ne l'avait vu. Tida et Teniky s'assirent au bord de l'eau et attendirent.

L'un après l'autre les bateaux s'éloignèrent sur la mer. Il ne resta que la longue pirogue de Mokotro. C'était bien la première fois qu'il ne partait pas avec ses amis pêcheurs. Malgré les jeux et les grimaces de Teniky, Tida s'inquiétait : où était donc son père ?

Un coup de vent précéda la première averse de la matinée. Tida et le lémurien coururent s'abriter dans une vieille épave. C'est à ce moment qu'ils aperçurent, sortant des bois, une silhouette misérable. Un homme venait en titubant, les

bras tendus en avant, la tête agitée en tous sens, comme un aveugle.

— Papa Mokotro !

— Tida, mon fils ! Approche.

Le malheureux ne voyait plus. La peau de son visage et de ses bras s'était flétrie comme une fleur fanée. Une fine poussière blanchissait ses cheveux.

— Tida, mon fils, conduis-moi près d'Horace, il saura me soigner... Vite, je suis dans un feu...

Chapitre 2

Horace

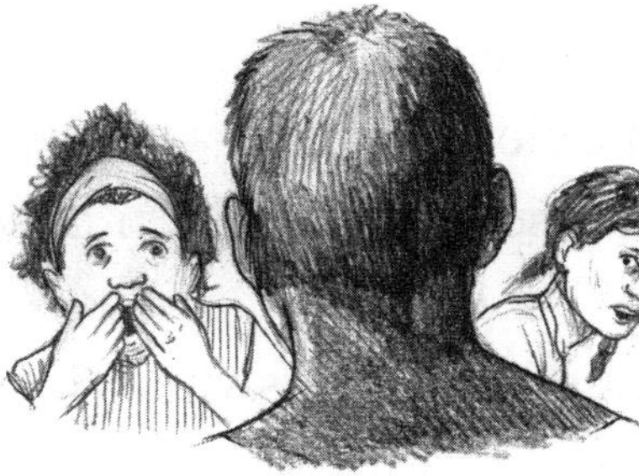

Maman Justine, surprise, laissa tomber le plat de *paddy*[1] qu'elle préparait pour midi. Zana, la sœur de Tida, poussa un cri en lâchant son livre de calcul. Il faut dire que papa Mokotro faisait peur à voir.

— Mon Dieu ! Qu'est-ce qui est arrivé ?

1. Riz non décortiqué.

— Je brûle... C'est du feu sur ma peau.

— Tes yeux, papa !

— Je n'y vois plus rien... Je veux aller chez Horace... Vite, attelez les zébus à la charrette, vite !

— Qu'est-ce que tu as fait ? demanda maman Justine.

— C'est de la poudre... J'ai volé la poudre dans un fût de M. Axwell.

— Volé ! Le ciel t'a puni...

— Le vent a soufflé quand j'ai ouvert le sac... J'étais mouillé par la pluie et la poudre s'est collée sur moi. C'est du feu... Plus vite, Tida, plus vite.

Justine lui fit boire du lait. Zana courut chercher les zébus, et Tida les attela à la charrette. C'était une belle charrette neuve, toute bleue. La famille s'y installa sans perdre un instant. Tida et Teniky menaient les bêtes ; Justine et Zana essayaient de calmer les douleurs du blessé.

Ils sortirent du village, accompagnés par un attroupement de femmes et d'enfants turbulents et curieux.

— Comment cela s'est-il produit ?

— Il s'est brûlé avec quoi ? interrogeaient les voisines.

— On vous expliquera plus tard...

Bientôt l'équipage s'éloigna entre les rangs de cannes à sucre, sur la route des montagnes, laissant derrière lui les commères et leurs questions. Justine cherchait déjà le mensonge qu'elle pourrait raconter au retour, mais elle n'en trouvait pas.

Tida encourageait vigoureusement les zébus qui déambulaient de leur placide allure habituelle. Teniky semblait avoir mieux compris l'urgence du voyage. Il bondissait sur le timon, courait devant l'attelage, venait crier sous le mufle des deux bêtes, hélas sans les exciter davantage.

D'habitude, Mokotro se tenait debout dans sa charrette. Il en était fier. Il l'avait payée en une seule fois avec l'argent que lui avait versé M. Axwell. Jamais il n'aurait gagné autant en pêchant son poisson. La nuit entière, il avait déchargé un gros cargo. Avec sa pirogue, il allait chercher deux ou trois fûts qu'il devait déposer sur une petite plage. Là, d'autres hommes avec des carrioles les emportaient dans la forêt. M. Axwell donnait beaucoup d'argent et il avait promis de revenir à condition que tous gardent le silence.

— Je brûle… J'ai mal.

Le guérisseur habitait une grande maison à l'entrée de la ville d'Andoany à sept kilomètres du village, et la charrette bleue arriva juste avant midi. Assis à l'ombre des cocotiers, Horace la regardait venir. Il ne bougea pas de son fauteuil, aussi digne qu'un roi avec son turban rouge, sa longue tunique blanche et sa canne en bambou décorée de nacre.

La ville éparpillait en arrière ses murs roses et ocre sous les toits de paille brune. À cause de la chaleur, les ruelles étaient désertes. Une sorte de palissade de cornes de zébu délimitait le seuil circulaire où chaque visiteur faisait l'offrande. Justine aida Mokotro à s'y rendre. Il y déposa un sac de riz et attendit. Le vieil Horace s'approcha et lui proposa une petite écuelle de terre noire pour le *fatidro*. Mokotro trempa ses lèvres dans le mélange à base de sang. Par ce geste, il exprimait son besoin de secours.

— Je suis Mokotro le pêcheur...

— Je sais, dit Horace (il devinait tout), tu viens me demander la santé, mais c'est ton cœur qui te brûle, car tu as mal agi.

— Oui, j'ai mal fait, avoua le pêcheur.

Le vieillard entra dans la maison. Ils le suivirent en silence.

Maman Justine, Zana, Tida et son lémurien s'assirent sur un banc au fond de la grande pièce où Mokotro fut prié de prendre une chaise. Il s'installa devant la table, en face du guérisseur.

— Je vais arrêter le feu, ta peau va guérir vite, mais pour tes yeux je ne peux rien faire. Écoute, tu as déterré les œufs d'une tortue maudite. Depuis longtemps, elle cherchait un endroit pour pondre la mort. Dans son pays on l'a chassée. Alors elle a débarqué ici, à Madagascar. Elle a tourné sur la mer jusqu'à ce qu'elle voit Nosy Be. Maintenant la mort est cachée à l'intérieur de ses œufs de fer, dans le sol de ta forêt. Malheur à ceux qui les ont portés, malheur à ceux qui les ouvriront.

« Un jour ils écloront. La coquille de rouille laissera s'échapper l'enfant de la mort. Il empoisonnera le vent, il empoisonnera la pluie. La forêt sera bois sec, la terre sera toute nue, la mer tuera, le riz tuera.

Ils écoutaient. Mokotro ne souffrait plus, la brûlure disparaissait, mais ses yeux aveugles pleuraient en entendant Horace. Tida, Zana et maman Justine baissaient la tête. Horace-qui-savait-tout prononçait des paroles terribles.

— Qu'allons-nous faire maintenant ? s'inquiéta Justine. Qu'allons-nous dire au village ?

— La vérité, femme. Ne touchez plus à ce bateau maudit qui porte la mort !

Dans la belle charrette bleue, le retour fut plus calme. Papa Mokotro, écroulé dans un coin, s'abandonnait aux cahots des ornières qui le berçaient. Maman Justine marmonnait des prières. Sa voix chantonnante occupait le silence. Zana,

debout à l'avant, regardait loin, elle pensait aux propos d'Horace. Tida, lui aussi, tournait ses idées sans un mot. Seul Teniky faisait le singe. Il sautait à terre et courait un peu devant les deux zébus sans les effrayer, il se cachait dans les cannes à sucre et réapparaissait soudain en criant.

Ils rejoignirent ainsi le village avec la nuit. La mer respirait tranquillement, vague après vague. La forêt balançait ses arbres sous le vent doux du large. Et papa Mokotro, qui les entendait, pleura.

— Le soleil est-il couché ? demanda-t-il.

Pour lui, le jour ne viendrait plus. Justine le prit par le bras et l'aida à entrer dans la maison.

Chapitre 3

M. Axwell

Une voiture déboucha entre les cases. M. Axwell en descendit. Petit et rond dans son costume blanc, il se dirigea vers l'attroupement des pêcheurs. Tida sentit son cœur battre très fort. La peur et la colère l'envahirent d'un coup. Il s'enfuit chez lui, suivi par Teniky que cela amusait beaucoup. M. Axwell venait sûrement préparer un prochain débarquement du bateau maudit.

Papa Mokotro écouta la nouvelle. Il resta calme tandis que Justine tordait son tablier pour cacher son trouble. Zana, qui écrivait une lettre à sa correspondante française, posa son stylo.

M. Axwell devait en ce moment embaucher des volontaires pour décharger une nouvelle cargaison de fûts. Les hommes, attirés par l'argent promis, ne refuseraient pas. Pourtant Mokotro avait bien répété cent fois, mot pour mot, les paroles du vieil Horace !

— Conduis-moi là-bas, Tida !

— Non, supplia maman Justine. Ils ne t'écouteront pas… Ils sont capables de tout pour te faire taire…

— Je dois y aller.

Il se leva et tendit la main pour qu'on le guide, mais Tida hésitait.

Soudain, dans un nuage de poussière, la voiture de M. Axwell stoppa devant eux.

— Mon pauvre ami, je viens d'apprendre ton accident ! Je suis venu aussitôt… Je peux te parler ?

Avant que la réponse soit donnée, le petit homme s'assit près de Mokotro.

Il fit comme si l'accueil était chaleureux, ignorant la froideur et le silence de toute la famille. En s'éventant avec son chapeau de toile, il commença à discourir. Il s'intéressa aux enfants, à leur santé, à leurs études. Il proposa de l'argent pour aider Justine maintenant que le papa était aveugle.

— Je ne vous abandonnerai pas, chaque mois vous recevrez une petite somme. Il faut bien s'entraider, n'est-ce pas ? Vous savez que le cargo va arriver, et je dois m'occuper du déchargement. Je reviendrai... En attendant, prenez déjà ceci.

Il déposa une liasse de billets sur la natte et s'apprêta à partir.

— Monsieur, reprenez ces papiers... Je n'ai rien à vous vendre, dit alors Mokotro.

— Mais non... mais non.

— Vous voulez acheter... mon silence, mais vous n'aurez jamais assez d'argent pour cela. Partez, vous et votre bateau... Personne ne le déchargera.

— Allons, Mokotro, sois raisonnable. Le *Tartaruca*[1] est un bateau comme les autres.

— C'est la mort que vous apportez sur notre île !

M. Axwell remit son chapeau. Il se força à rire et déclara :

— Réfléchis... Tes amis vont décharger le *Tartaruca*... Ensuite, je reviendrai et nous nous mettrons d'accord.

Puis il ajouta :

— Me vendrais-tu ce petit lémurien ?

— Non ! cria Tida. Teniky est à moi.

Le petit homme rond disparut dans la voiture en riant aux éclats, tandis que l'animal, effrayé, grimpait à toute vitesse au sommet d'un cocotier.

— Ce n'est pas possible, gémit Mokotro, il se moque de nous. Avec son argent, il nous tuera tous.

— Papa, il faut faire quelque chose, décida Tida.

1. Du latin *tartaruca* : tortue.

— Va aux pirogues, écoute et regarde. Peut-être que les pêcheurs vont résister ? Fais-toi bien voir, surtout... Et toi, ma fille, cours prévenir Horace, vite...

Tida obéit aussitôt. Zana finit d'écrire sa lettre. Elle essaya en quelques lignes de raconter ce qui se passait dans son île : l'affreux accident de son père, le retour du *Tartaruca*, l'argent de M. Axwell.

— Je la posterai à Andoany, dit-elle en quittant la maison.

Il lui faudrait deux heures à pied pour arriver chez Horace. Elle n'avait pas de temps à perdre. À la sortie du village, elle aperçut la bicyclette du gendarme. Il venait une ou deux fois par semaine dans une petite baraque et tamponnait, signait les papiers officiels des habitants. Zana n'hésita pas une seconde, sa mission était trop importante. Elle sauta sur la selle et s'éloigna à grands coups de pédale. Le pauvre fonctionnaire hurla et gesticula, pour la plus grande joie d'un groupe de touristes. Rouge de colère et de honte, il se réfugia dans sa baraque pour fuir les caméras et les appareils photographiques.

À la poste d'Andoany travaillait un oncle de maman Justine. Zana lui expliqua l'importance de sa lettre. Elle espérait que Bénédicte, sa correspondante française, pourrait les aider.

— C'est loin, la France, lui dit l'oncle.

Il avait été soldat à la guerre, et avait vécu la libération de Paris et de Strasbourg.

— Combien de jours pour une lettre ?

— En prenant le tarif urgent, par avion, elle mettra sans doute une semaine...

Enfourchant à nouveau le vélo, Zana fila ensuite chez Horace.

Toujours assis à l'ombre de son arbre, le vieux sage parla longtemps. Il fit apprendre par cœur à la fillette un véritable plan de bataille pour lutter contre M. Axwell.

— Venez au village, supplia Zana.

Mais Horace se déplaçait rarement et il ne promit rien.

Chapitre 4

Le *Tartaruca*

Une semaine s'écoula. L'atmosphère au village pesait comme avant un gros orage. Justine et Mokotro ne cessaient d'aller de case en case pour convaincre les pêcheurs de refuser les offres de M. Axwell.

Les palabres tournaient en rond. Pour beaucoup de villageois, Mokotro avait reçu sa punition, et Horace était peut-être trop vieux pour accepter le progrès. Certains parlaient d'acheter des bateaux à moteur pour la pêche. D'autres rêvaient de posséder une voiture. Déjà, dans quelques maisons, des radios hurlaient du matin au soir.

Il y en avait cependant quelques-uns qui partageaient l'avis de Mokotro. Les paroles d'Horace renfermaient la sagesse des ancêtres. Elles disaient que le vrai trésor des hommes, c'est la terre vivante. Mais ceux qui pensaient cela étaient si peu nombreux que Mokotro et sa famille se désolaient chaque jour davantage.

— Horace va venir ! répétait Zana, mais Horace ne venait pas.

Un matin, Tida faisait sa toilette et celle de Teniky quand un cri le fit sursauter.

— Le *Tartaruca* ! Le *Tartaruca* !

Sur la plage tous arrêtèrent leur travail. Téphani, un des pêcheurs, montrait un cargo à l'horizon. Dans la lumière brumeuse du petit jour, on distinguait bien une silhouette, mais beaucoup de bateaux passaient par là.

— C’est le *Tartaruca* ! criait Téphani, accroché à sa paire de jumelles toute neuve, achetée avec l’argent de M. Axwell.

Il la prêta, et dans la cohue chacun essaya de voir.

C’était bien le bateau maudit qui s’approchait doucement de Nosy Be.

L’heure des discours était passée, celle de la décision avait sonné.

Aucun pêcheur ne quitta la plage. Les pirogues restèrent là, tirées sur le sable, reposant sur un balancier. On aurait pu croire qu’une tempête s’annonçait. De même, les zébus furent gardés dans les enclos, aucune charrette ne sortit du village. La voiture de M. Axwell déboucha en trombe sur la place du marché, faisant fuir les poules et les cochons noirs qui grattaient le sol et mangeaient les détritus.

Deux ou trois coups de Klaxon suffirent pour rassembler les hommes. Afin de mieux les attirer, le petit homme ventru tira de sa poche une liasse de francs malgaches qu'il distribua à tous ceux qui tendaient la main.

— Cela vous paiera votre journée ! Cette nuit, ceux qui travailleront seront encore plus riches.

Tida, qui s'était avancé, se mit à crier :

— Horace a dit non !

Mais les pêcheurs éclatèrent de rire, et le gamin s'enfuit avec son lémurien. Il courait vers sa maison sans cesser de répéter :

— Horace a dit non ! Horace a dit non !

Chapitre 5

Résistance

Tida comprit vite que M. Axwell avait gagné. Tous les hommes acceptaient le travail. Comme la première fois, à la nuit, le *Tartaruca* jetterait l'ancre non loin de la côte, juste en face de la plage du Babakoto où l'eau est profonde. Les pêcheurs iraient alors à sa rencontre et recevraient chacun deux ou trois fûts. Jusqu'à l'aube, ils tourneraient ainsi de la plage au cargo. Sur le sable, les charrettes prendraient le relais pour acheminer jusqu'à la clairière leur étrange cargaison. Le lendemain, il ne resterait plus qu'à enfouir les fûts, déjà le *Tartaruca* aurait disparu à l'horizon.

Les engagements conclus, chacun regagna sa maison pour attendre le soir.

Tida se rendit au Crocodile. C'était un gros rocher qui ressemblait à l'animal sortant de l'eau. Les enfants du village s'y retrouvaient pour jouer au bord de la mer. D'habitude, le fils de Mokotro était accueilli par des cris de joie, comme le chef de la bande. Mais ce matin-là, voyant son air triste, ses camarades s'attroupèrent autour de lui pour l'écouter. Depuis l'accident de son père, Tida leur avait expliqué beaucoup de choses. Ils avaient appris les paroles d'Horace. Ils savaient tous que le *Tartaruca* n'apportait pas que des jumelles ou des charrettes neuves. Ils n'oubliaient pas le poison endormi sous le sol de la forêt, tel un monstre qui les mangerait un jour.

— Il faut chasser M. Axwell ! dit l'un des enfants.

— Oui ! crièrent les autres, et la petite troupe prit le chemin du village.

Ils découvrirent la grosse voiture à l'ombre du baobab.

Bien sûr, ils auraient préféré qu'Axwell soit là pour lui exprimer leur colère, mais il n'y avait que sa voiture.

Tandis qu'ils réfléchissaient à un nouveau plan, Teniky s'approcha de la grande caisse où les pêcheurs gardaient les poissons morts qui serviraient d'appâts pour la pêche suivante. Chassant les oiseaux et les mouches, il attrapa un morceau gluant et le lança sur le pare-brise de la voiture.

Les enfants éclatèrent de rire et se précipitèrent pour l'imiter. En l'espace d'une minute, la voiture fut décorée et parfumée, sous les acclamations générales. Par les vitres entrouvertes, des mains agiles glissèrent quelques détritus nauséabonds jusque sur les sièges. Avec la chaleur, M. Axwell aurait bien du plaisir pour rentrer en ville.

Cependant, plusieurs enfants prirent peur. Leurs parents les puniraient sévèrement : abîmer ainsi la voiture de l'homme qui distribuait l'argent, c'était très grave. Tida les entraîna derrière les pirogues. Sa colère laissait maintenant place à de la joie. Il redevenait le chef et saurait trouver les mots pour les rassurer.

— Ce que nous avons fait n'est rien du tout, dit-il. Il faut continuer, mais d'abord les petits vont rentrer chez eux.

Malgré leurs protestations, ceux-ci durent obéir.

Les grands tinrent alors conseil. Chacun apportait son idée, discutait, écoutait. Tida définit les rôles et constitua deux groupes. Le premier, qui le suivrait, serait composé de tous les jeunes pêcheurs, ceux qui savaient conduire une pirogue. Le second groupe rejoindrait Zana.

Ils établirent un plan selon les idées qu'Horace avait enseignées. Puis, après avoir vérifié que tous avaient bien compris, ils jurèrent le secret et se séparèrent.

Ils regagnèrent leurs maisons pour le repas, et pour préparer ce qui était nécessaire à leurs opérations.

Tida ne raconta rien, sauf la vengeance à coup de poissons morts. Papa Mokotro sourit.

— J'en suis sûre, Horace va venir, dit Zana.

— C'est bien, mais il sera trop tard. Le déchargement doit avoir lieu cette nuit, n'est-ce pas, Tida ?

— Ce n'est pas encore fait ! répondit le garçon.

Justine constata tristement :

— Comment pouvons-nous lutter, seuls contre tous ?

À ce moment, on entendit de furieux coups de Klaxon.

— Il n'est pas content, M. Axwell, chantonna Tida en épluchant une banane pour Teniky.

Justine apporta le plat de *paddy* et le poisson grillé. Toute la famille mangea, assise par terre devant la case. Par bouffées, le vent éparpillait des bribes de musique électrique échappées du restaurant voisin.

C'était une grande maison de pierre avec terrasse sur la plage pour les touristes. On y dansait beaucoup en buvant du rhum et du vin français. Les Blancs dépensaient là en une semaine l'argent gagné en une année par les pêcheurs. Ils s'achetaient ainsi un morceau de paradis. Tida savait bien, lui, que le paradis est gratuit. Il reprit une boule de riz, et la petite main de Teniky lui en vola la moitié.

Chapitre 6

Le plan

Au début de l'après-midi, la température augmenta encore. Les hommes cherchèrent un endroit frais où se reposer (le travail pour décharger le *Tartaruca* réclamait un effort beaucoup plus fatigant que la pêche). Aussi, il fallait bien se préparer, la nuit serait dure.

Il n'y eut plus aucun bruit dans le village, plus aucun mouvement. Le vent lui-même retint son souffle. Les arbres de la forêt turent leur chuchotement. Les vagues de la mer devinrent de simples rides sans éclat.

Dans ce silence général, dans cette immobilité totale, les enfants s'obligèrent à beaucoup de prudence pour se rassembler, suivant les plans convenus, sans donner l'éveil. De l'ombre d'un toit à l'ombre d'une palissade, ils se faufilèrent, pieds nus, vers des objectifs précis. Le groupe dont Tida avait pris la tête se dirigea vers la mer, celui conduit par Zana disparut entre les cases. Les signes remplaçaient les mots.

Chacun savait ce qu'il avait à exécuter. Personne n'hésitait. Tous comprenaient l'importance de leur action. C'était la guerre qui commençait, une vraie guerre où leur avenir était en jeu.

La troupe de Tida arriva sur la plage. Sous le baobab, l'ombre avait tourné. La voiture de M. Axwell était partie, mais les ordures empestaient encore en plein soleil. Tida sourit. En quelques gestes, il divisa ses partisans en commandos de deux ou trois. Sans perdre un instant, ils s’emparèrent des pirogues et des bateaux des pêcheurs, les firent glisser sur le sable chaud. Puis ce fut le bruit régulier des pagaies, à peine plus fort que le clapotis des vagues. En moins de cinq minutes, toute la flottille disparut derrière le Crocodile.

Au village, rien ne bougea.

Pour Zana, l’opération était plus risquée. Avec ses compagnons, elle devait attraper tous les zébus, afin qu’il n’en reste pas un pour tirer les charrettes. Cela supposait d’entrer en douce dans les enclos, quelquefois entre les habitations, au ras des jardins. Puis il fallait emmener l’animal sans l’énerver ni l’effrayer. Heureusement, les enfants s’y connaissaient. Beaucoup avaient l’habitude de conduire les attelages. Ils appelaient les bêtes par leur nom et caressaient leur encolure pour les rassurer. On entendit bien un ou deux beuglements, mais cela ne réussit pas à alerter les villageois, qui faisaient la sieste. Un petit quart d’heure suffit pour reformer le troupeau au

complet à l'orée de la forêt. Zana compta rapidement les animaux, puis elle donna l'ordre du départ.

Un veau de quelques jours, inquiet, fit des cabrioles en braillant. Un grand garçon le chargea sur ses épaules pour détaler plus vite, car l'autre était aussi discret qu'un clairon de régiment. Mais rien ne bougea dans les cases.

Au large, le *Tartaruca* semblait abandonné. L'équipage aussi faisait la sieste. Sur la mer, les pirogues filaient maintenant vers le nord de l'île. Bientôt Tida mènerait sa flottille à Nosy Mitsio. Ils y seraient avant le soir, et la verdure de ses côtes sauvages les cacherait. Même si les pêcheurs comprenaient la tactique des enfants, ils ne pourraient pas récupérer leurs embarcations facilement. L'île de Nosy Mitsio était tenue à l'écart depuis toujours, un peu méprisée, oubliée. Il faudrait des semaines pour inspecter chaque crique, chaque baie, chaque marécage.

Pour s'encourager, les enfants chantaient un air bien cadencé. Le vent un peu moins faible annonçait déjà le crépuscule, mais Tida refusa de hisser les grandes voiles carrées qui les auraient fait repérer. Horace avait dit : « À la pagaie, courage, jusqu'à Mitsio. »

Pendant ce temps le troupeau de zébus avait gagné une étroite vallée tout près d'Andoany. Il y avait des cabanes de charbonniers et du bois coupé qui feraient des palissades correctes. Zana organisa le campement. Des guetteurs escaladèrent un petit sommet. De là, on voyait jusqu'à la mer, le village et même Mitsio au ras de l'horizon. Le fils de Téphani n'avait pas oublié les jumelles de son père et il prit ainsi le premier tour de guet.

Pour arriver, le trajet par le sentier avait été pénible et long. Par contre, il serait très facile de descendre jusqu'à la ville. On emprunterait le large chemin tracé pour les charrettes des charbonniers.

En cas d'attaque par les pêcheurs ou les hommes d'Axwell, la dispersion du troupeau ne serait pas un problème. Les rues de la ville offraient un vrai labyrinthe où chaque zébu en liberté pourrait gambader pendant des heures.

Horace avait dit : « Les zébus dans la ville... Les charrettes au village. »

Là-bas, au village, l'alerte devait semer la surprise et la panique.

De colère, M. Axwell rougissait sans doute comme le soleil couchant. La réussite du plan des enfants était totale. Pourtant, en débarquant sur Nosy Mitsio, Tida, épuisé, s'aperçut avec effroi que Teniky n'était sur aucune pirogue. Il avait disparu !

Chapitre 7

La colère

Une effervescence inhabituelle agitait le village. Les femmes parcouraient les ruelles en petits groupes bruyants. Elles s'appelaient d'une case à l'autre. Elles s'interpellaient d'une cour à l'autre. Peu à peu, leur attroupement grossit. Elles se dirigèrent alors vers la maison de Justine et de Mokotro. Les hommes, de leur côté, avaient inspecté la côte dans l'espoir de repérer les pirogues, sans succès. Excédés par cette mauvaise farce, ils rentrèrent au village avec la ferme intention de questionner Mokotro.

À coup sûr, Tida avait monté la tête à leurs enfants. Il fallait faire vite. Ce soir, on déchargeait le *Tartaruca* !

Quand les hommes en colère parvinrent devant la case, les femmes y menaient déjà un chahut épouvantable. Toutes hurlaient ensemble, si bien que Justine ne pouvait pas répondre. Téphani grimpa sur un mur et fit taire la foule.

— Où sont les enfants ? interrogea-t-il.

— Je suis comme vous ! répliqua Justine. Tida et Zana ont disparu sans nous prévenir...

— Tu mens... C'est toi et Mokotro qui avez tout manigancé.

— Tu te trompes, Téphani. Les enfants ont agi seuls... Et Dieu sait où ils sont, maintenant !

C'est Mokotro qui avait parlé. Il souriait, et cela excita les autres. Une pierre lancée sournoisement le frôla.

— Calmez-vous ! Les enfants ont eu plus de courage que nous !

— Tais-toi ! Tu te venges, c'est tout...

— Où est ma fille ? cria une mère.

— Ton gamin n'est qu'un sale voleur ! glapit une autre.

— Voleur ! Voleur ! vociféra la foule, et les pierres tombèrent de partout.

Justine entraîna son mari à l'abri dans la maison et elle ferma vite la porte. Un gourdin lancé avec force entra par la fenêtre.

— Mon Dieu ! Ils vont tout casser, gémit Justine.

— Je suis fier de mes enfants, déclara calmement Mokotro en la serrant dans ses bras.

Dehors commença une mêlée furieuse entre ceux qui voulaient pénétrer dans la case et ceux qui essayaient d'éviter le pire. La poussière et les cris augmentèrent quand M. Axwell arriva avec quelques hommes. La cour fut envahie, les barrières de l'enclos renversées, le potager piétiné.

La violence s'emparait des pêcheurs, la furie gagnait les ménagères. Rien ne pourrait arrêter les assaillants. Des poings martelaient un effrayant rythme de tam-tam contre la porte. Deux gaillards brandissant des torches menaçaient de mettre le feu.

Et soudain, le silence s'imposa. Horace était là, devant l'assistance hésitante, aussi digne qu'un roi avec son turban rouge, sa longue tunique blanche et sa canne en bambou décorée de nacre.

Il avait parcouru les sept kilomètres à pied et ne semblait pas fatigué.

— Qui me dira ce qui vous agite ainsi ?

Personne n'osa répondre.

— Je sais, continua le vieillard, c'est un combat entre l'or et la sagesse. Ajoutez-y un peu de votre sang et vous verrez surgir la haine, la vengeance, la bête aux dents rouges... Et lequel d'entre vous pourra l'arrêter quand elle dévorera même la terre de ce pays ?... Qui ? Allons, qui ? Toi ?... Toi alors ?... Ou toi là-bas ?

Horace pointait sa canne vers les uns et les autres, qui reculaient. Bientôt un large cercle tint la foule à distance.

— Ignorez-vous ce que vous apporte la tortue du monde blanc ? Non, vous avez vu ce qui est arrivé à Mokotro... Alors ?!

— Ne vous laissez pas impressionner par ce vieux radoteur.

M. Axwell s'avança dans le cercle. On le devinait déterminé à gagner la bataille. Au large le cargo fumait, prêt à manœuvrer.

— Qu'est-ce qu'il vous offre ? Des histoires du temps passé... Des lois qui datent de vos ancêtres. Et le progrès, le confort ? Moi, vous savez comment je paie... L'argent, c'est un moteur pour la pirogue, l'électricité dans la maison, l'école pour les enfants. Voilà comment je paie, moi. Choisissez vite... Le bateau est là ! Il y a d'autres villages de pêcheurs qui feront aussi bien le travail.

— Maudit sois-tu ! Je t'empêcherai d'empoisonner nos terres et nos cœurs... clama Horace.

— Tais-toi ! Attrapez-le, vous autres...

En un instant trois colosses, sans doute des matelots du *Tartaruca*, empoignèrent le vieil homme et l'entraînèrent.

Il ne resta dans la poussière que sa canne. Personne du village ne s'interposa. Axwell avait gagné.

— Et maintenant, déclara-t-il, Mokotro va nous dire où sont cachés les pirogues et les zébus... Ouvre la porte ! Presse-toi si tu ne veux pas que nous la défoncions !

Mokotro ouvrit. Axwell entra avec quelques pêcheurs.

D'un geste violent, il lança la canne d'Horace contre un mur. Justine, réfugiée dans le coin le plus sombre, se mordit les lèvres quand deux hommes saisirent son mari. Ils lui tordirent les bras dans le dos et le firent s'agenouiller devant Axwell.

— Je t'écoute, Mokotro... Tu as des choses intéressantes à me révéler, j'en suis sûr. N'oublie pas que tu as volé dans les fûts... Je pourrais te

livrer à la police... Alors, je t'écoute ! Où sont les enfants ?

Le pêcheur agenouillé cracha sur les chaussures d'Axwell et murmura :

— Tu ne respectes rien, tu as capturé Horace... Il est plus puissant que toi... Tu as perdu. Je te le dis, tu as perdu.

Chapitre 8

Une défaite

Sur l'île de Nosy Mitsio, les enfants s'organisaient pour tenir le plus longtemps possible. Les pirogues avaient été disséminées par groupes de deux dans des criques reculées. Certaines étaient cachées au cœur de l'île dans un petit marais. Dissimulées par des feuillages, il fallait vraiment bien regarder pour les distinguer parmi la végétation.

On en avait conservé deux pour la pêche. Des abris en branchages serviraient de maison. Des feux bien abrités répandaient une bonne odeur de poisson grillé. Tida divisa son équipe en trois compagnies. La première fut chargée de la pêche. Elle réunissait les plus expérimentés. La seconde reçut la mission de récolter les fruits sauvages et de ramasser du bois sec. Le travail de la troisième consistait à entretenir les foyers, à faire le guet et la cuisine.

Tout fonctionnait parfaitement, et Tida aurait dû se sentir fier et heureux. Malheureusement, Teniky avait disparu.

Teniky, fidèle compagnon de toujours, avec ses grands yeux dorés et ses petites mains agiles, était plus qu'un simple animal. Il semblait comprendre tout ce qui intéressait Tida. Inséparables, on les voyait ensemble à l'école, au marché, à la pêche. Ils mangeaient les mêmes choses, ils partageaient leurs jeux, leurs amis et le même lit. Il était difficile de savoir qui avait apprivoisé l'autre, depuis le jour où Tida sauva Teniky à moitié asphyxié par le brûlis des forestiers. Le gendarme affirma qu'une loi interdisait la capture et le commerce des lémuriens, mais tout le village témoigna que Teniky n'avait jamais été en cage ni même attaché. Libre, il restait dans la maison de Tida par amitié.

Où était-il à présent ? Tombé à l'eau pendant l'opération pirogue ? Resté au village au dernier moment ? Parti avec Zana et les zébus ? Tida, très triste, redoutait le pire : M. Axwell !

N'y tenant plus, le garçon confia son commandement à un camarade et partit en pirogue. La nuit tombait sur la mer. Le ciel menaçait, mais personne ne put le retenir. Il voulait retrouver Teniky.

Le lendemain matin, dans la montagne, au-dessus de la ville, le guetteur alerta Zana. Il avait aperçu quelqu'un avançant vers la vallée. Aussitôt on regroupa les zébus, prêt à les faire cavaler vers les faubourgs si l'ennemi se montrait.

On avait déjà gagné une nuit sur M. Axwell, son bateau restait au large. On devait poursuivre le combat. À l'aide des jumelles, Zana observa le sentier. Elle comprit assez vite qu'il n'y avait qu'un visiteur. Il progressait péniblement mais sans se cacher, peut-être un simple promeneur.

— Et si c'était un espion ?

— Allons voir de plus près.

Zana s'engagea sur le sentier avec quelques amis. Rapidement, ils se postèrent dans l'épais fourré et attendirent.

L'individu continuait de monter. Ils entendaient maintenant le bruit des branches cassées, encore un instant et il serait là.

— Tida !

— Zana !

Le frère et la sœur s'embrassèrent avec émotion.

— Que fais-tu ici ?

— Je t'expliquerai... Je voudrais d'abord boire, manger et me reposer.

Dans une cabane de charbonnier, Tida mangea du riz et but du lait, puis il raconta. Malgré la tempête de la nuit, il avait réussi à traverser. Comme il ne voulait pas se montrer au village, il était venu dans la montagne. Malheureusement, personne ici n'avait vu Teniky. Chacun essaya de se rappeler la dernière fois où il l'avait croisé.

Tous les événements de ces dernières heures ne facilitaient pas le souvenir d'un si petit détail. Habitué à la présence du lémurien, on n'y prêtait plus attention et son absence n'avait intrigué personne. On pouvait seulement assurer qu'il n'avait pas accompagné les enfants et les zébus dans la montagne. Tida pensa alors qu'il lui était arrivé quelque chose au village.

— Je vais y aller...

— Tu ne dois pas, lui répondit Zana, toute l'opération dépend de toi. Si M. Axwell te découvre, il te fera parler.

— Tant pis... Je veux mon Teniky, je le veux...

Tida pleurait, inconsolable.

— Alerte ! Alerte ! Les voilà !

Les enfants de Mokotro s'élancèrent dehors. La panique s'empara de leurs compagnons. La situation apparut désespérée. En effet, des hommes survenaient en courant par la vallée. Ils faisaient tournoyer des bâtons en poussant des cris. Au même moment, une Jeep et un camion fonçaient par le chemin des charbonniers, coupant toute retraite vers la ville. Le plan de Zana s'écroulait. Les premiers assaillants entrèrent dans le camp. Chacun cherchait ses enfants. Il y eut des gifles, des cris, des pleurs. Tida et Zana furent bouclés dans une cabane. M. Axwell descendit de la Jeep. Sous son grand chapeau, il riait.

— Eh bien, voici nos zébus, et nos voleurs !

Il pénétra dans la cabane, tirant Mokotro par le bras.

— Ils sont là, tes enfants terribles...

— Je n'ai rien avoué, dit le père en serrant son fils et sa fille.

— Qu'est-ce que tu as ? demanda Tida en voyant ses lèvres tuméfiées.

— Rien.

— Ils t'ont battu ?

Le silence de Mokotro et la lueur de tristesse qui passa dans son regard mort en dirent plus qu'un long discours. Les enfants en furent bouleversés. C'était bien d'une guerre qu'il s'agissait, et l'adversaire implacable userait de tous les moyens pour obtenir la victoire. Ainsi, il n'avait pas hésité à frapper un aveugle...

Chapitre 9

L'enlèvement

En redescendant dans la vallée, Axwell savourait sa victoire. Tout lui souriait. Ses adversaires ne disposaient plus d'aucune force. Les zébus, hardiment dirigés par les hommes, cavalaient vers le village. Les enfants, entassés dans le camion, baissaient la tête sous le poids de la défaite et de la honte. Certains pleuraient après une fessée ou en pensant à la punition sévère qui les attendait.

Dans la Jeep, ballottés sur les ornières, Tida et Zana n'étaient plus que des prisonniers. Restait à récupérer les pirogues, et le déchargement du *Tartaruca* pourrait enfin se dérouler comme prévu.

L'entrée au village fut une véritable fête pour les vainqueurs. Les femmes riaient et applaudissaient en voyant leurs bêtes, leurs enfants et leurs maris. Mokotro, désolé, se laissa conduire jusque chez lui. Maman Justine était en larmes. L'histoire tournait mal.

— Et maintenant, je veux les pirogues ! déclara Axwell d'un ton menaçant.

— Je ne sais pas où elles sont, répliqua Tida. J'étais dans la montagne, moi.

— Et tu ne sais rien !

— Non, rien du tout...

— Alors tant pis, ce vieux fou que vous appelez Horace va faire un long voyage...

— Horace ! Vous avez enlevé Horace ?

Tida tremblait de rage et de surprise. Décidément, M. Axwell gagnait partout. Il demanda :

— Teniky, mon lémurien, que lui avez-vous fait ?

— Rien encore, répondit Axwell, qui venait de comprendre l'importance du petit animal. Mais si tu veux le revoir un jour, il faut d'abord me rendre les pirogues. Je te promets qu'avec les premiers fûts déchargés reviendront Horace et ta bestiole… Allez, décide-toi vite… Où sont les pirogues ?

Le regard de Zana suppliait Tida de se taire. Maman Justine, tout en soignant le visage de Mokotro avec un baume, commença à chantonner un air triste. Tida le reconnut, mais les paroles malgaches avaient changé. Elles reprenaient mot pour mot la prophétie d'Horace :

La tortue maudite ne sait pas où pondre.
Elle est venue ici à Madagascar.
Elle a vu Nosy Be.
La mort est cachée sous la forêt de Nosy Be.
Empoisonné le vent,
Empoisonnée la mer,
Empoisonnée la terre,
Empoisonné le riz.

Axwell ne comprenait pas la langue, mais il se douta du message. Impatient, il cria :

— Décide-toi vite !

Tida était déchiré. Ses pensées allaient là-bas sur le cargo. Il imaginait la douleur de Teniky, enchaîné, en cage. Puis il regarda le visage aveugle et blessé de son père. Qui fallait-il trahir ?

— Puisque tu ne veux rien dire ici, je t'invite sur mon bateau. Tu verras, au large on a envie de parler... Emmenez-le !

Deux matelots asiatiques saisirent le garçon et l'entraînèrent.

— Non ! Pitié... Pas mon fils !

Justine implorait, mais la Jeep lui cracha un nuage de poussière. Ce fut la seule réponse d'Axwell.

Les pêcheurs du village savaient, eux, où les enfants avaient conduit les pirogues. Nosy Mitsio était la seule cachette sûre pour ce genre d'entreprise. L'un d'eux rejoignit Axwell sur le port et lui livra l'information. Pour autant, le problème

n'était pas réglé, car il fallait aller à Nosy Mitsio, et, une fois là-bas, les recherches pouvaient durer deux ou trois jours dans le fouillis de la forêt. Seul Tida saurait ordonner à ses camarades de rendre la flottille.

Le canot à moteur s'élança vers le cargo qui tournait autour de son ancre comme un monstre tranquille. Il était plus de midi. Le déchargement ne serait pas pour ce soir-là.

— Sais-tu combien me coûtent tes enfantillages ? Il faut payer l'équipage ! On attend le bateau à Djibouti pour un autre chargement. Je n'ai pas le temps de jouer avec vous...

Le canot s'approcha du flanc du cargo. Le long de cet immense mur de tôle rouillée pendait une échelle, agitée par le vent et la houle. Tida prit peur. Jamais il ne monterait. M. Axwell escalada le premier, sans hésiter. Malgré sa rondeur, il grimpa facilement.

Un des matelots empoigna le garçon et le jeta sur ses épaules comme un sac de riz. Puis il gravit l'échelle. Tida s'accrochait au bonhomme. Il voyait le canot danser en dessous et il sentit son ventre se nouer. Les rires moqueurs de l'équipage saluèrent son arrivée sur le pont.

Mis à part la peinture délavée et les plaques de rouille, le *Tartaruca* était bien entretenu. Les écoutilles et les panneaux de cale étaient fermés, sauf ceux de la première. Les petites grues se tenaient prêtes à la besogne. Rien ne traînait. Tout respirait l'ordre et l'autorité du capitaine. Quand celui-ci vint saluer Axwell, on aurait dit deux messieurs dans un salon. Les marins s'étaient dispersés, chacun à son ouvrage.

— Capitaine, je vous présente Tida, un petit brigand. Il a insisté pour prendre des nouvelles du vieil Horace...

— Très bien. Suivez-moi, jeune homme.

D'échelles en coursives, ils parvinrent à une petite porte. Tida, désorienté, n'aurait su préciser s'il était à l'avant ou à l'arrière du bateau. Le capitaine tira une clé de sa poche et ouvrit.

— Entrez... On vous attend.

— Tida !

— Horace...

Le vieux sage, assis sur le sol, faisait peine à voir. Une couchette et un tabouret étaient le seul mobilier. Par un petit hublot rond, un rai de soleil tombait sur une assiette de riz froid.

— Dites-lui de manger... Il est aussi têtu qu'un âne !

Tida entendit la porte claquer et la clé tourner.

— Toi aussi, ils t'ont enlevé... Avez-vous réalisé le plan ?

Tida raconta toute l'histoire sans s'arrêter. Puis il demanda conseil.

— Il faut gagner du temps, déclara Horace, je sais que le ciel nous accordera un autre jour, mais toi, tu dois tenir aussi une journée.

— Ensuite ?

— Ensuite, tu vas chercher les pirogues. Le ciel enverra un oiseau, l'oiseau qui regarde, et son regard pourra sauver Nosy Be.

— Je ne comprends pas...

— Il ne faut pas comprendre, il faut croire.

Tida proposa à son ami de manger un peu, mais le devin refusa.

— Toi, mange, mon petit, ton corps doit rester fort.

Le riz n'était pas bon. Maman Justine, elle, savait faire le *paddy*...

Sous le regard encourageant du vieil homme, le garçon avala quelques bouchées avec dégoût. Une âcre odeur de fuel collait à la nourriture.

— Sais-tu si Teniky, mon lémurien, est ici ?

— Je l'ignore, je dis seulement que vous vous reverrez bientôt.

Bercé par la houle, le cargo tanguait désagréablement.

— Je vais être malade, gémit Tida.

La clé fouilla la serrure. Une brute mal rasée agrippa l'enfant par un bras et l'entraîna vers une autre cabine.

Chapitre 10

Cache-cache

— Nous partirons demain à la première heure. Tu devrais te dépêcher de dormir.

Telle fut la dernière recommandation de M. Axwell.

Tida, couché pour la première fois de sa vie sur un matelas, pour la première fois loin de chez lui, retint ses larmes. Il pensa très fort à ses parents, à sa sœur, là-bas sur l'île. Il ignorait que trois hommes les gardaient prisonniers dans la maison. On craignait qu'ils n'aillent prévenir la police pour l'enlèvement de leur garçon.

Lui se tenait immobile sur la couchette. Il fermait les yeux mais ne dormait pas. Au contraire, tout son corps était en éveil. Il ressentait le léger tangage du cargo, rythmé par le cliquetis d'une chaîne. Il identifiait des bruits de pas, de conversations lointaines. Il analysait des odeurs, mélanges de tabac, de friture, de graisse et de gazole. Après beaucoup de recherches, il finit même par retrouver le parfum du sel.

Un matelot, chargé de le surveiller, occupait la deuxième couchette de la cabine, un grand gaillard blond aux yeux bleu océan. Il ne parlait ni malgache ni français. Seulement quelques mots d'anglais que Tida avait reconnus au milieu de phrases incompréhensibles. Après avoir feuilleté des revues défraîchies en buvant de la bière, l'homme s'était assoupi. Il respirait régulièrement et se retournait en faisant grincer toutes les ferrailles du sommier.

Le garçon attendit encore. Le premier ronflement de son gardien donna le signal. Tida se glissa sans bruit jusqu'au sol et ouvrit centimètre par centimètre la porte de la cabine. Dès que l'entrebâillement fut assez grand, il s'y faufila.

Pieds nus, il trottina le long du couloir étroit qu'éclairaient faiblement des ampoules sales. Il s'immobilisait au moindre bruit. Là, c'étaient des voix emmêlées dans une dispute d'ivrognes, ici, on jouait sans doute aux cartes ou aux dés. Plus loin, ce fut un concert de ronflements.

Enfin, après avoir escaladé une courte échelle, Tida déboucha à ciel ouvert.

La nuit était douce. Un léger souffle effleurait la mer tranquille. On voyait beaucoup d'étoiles, et à l'horizon brillaient les lumières de La Résidence, près du village. Les touristes insouciants danseraient tard. Ils ignoraient le drame juste à côté d'eux. Tida songea un instant à plonger dans l'eau noire et à nager ; nager pour prévenir quelqu'un. Il devait bien exister une personne capable d'arrêter tout cela... Mais l'île était loin et Tida ne voyait pas à qui demander du secours. Il abandonna ce projet et entreprit de visiter le cargo pour retrouver Teniky.

Il commença à soulever les bâches. Il cherchait quelque chose qui ressemble à une cage. Soudain, une lampe s'alluma. Un faisceau de lumière balaya le pont, réveillant un gros oiseau qui dormait sur le bastingage. La lampe s'éteignit, un juron retentit.

Tida, plaqué contre une tôle, se fit tout petit. Il resta blotti un long moment. Soudain, il eut une idée. Il fit claquer sa langue plusieurs fois. C'était un signal convenu avec son ami. Teniky avait appris à y répondre. L'appel crépita à nouveau dans le silence, sans résultat. Après un temps mort, pour ne pas donner l'éveil, Tida appela encore.

Enfin, le lémurien répondit. Il était par là, un peu plus loin vers l'avant. Maintenant c'était lui qui répétait le signal pour guider son maître. Il s'énervait. La lampe se ralluma.

— *Was passiert* ? grogna le marin de quart sur la passerelle de navigation.

Il sortit, descendit l'échelle et marcha sur le pont. Tapi dans l'ombre, Tida le suivit des yeux et découvrit bientôt dans le halo de la torche un grand bidon découpé sur lequel on avait soudé une grille. Teniky était là avec quelques autres lémuriens. Leurs grands yeux orange reflétaient la lumière. L'homme tapa sur le bidon, qui résonna comme une cloche. Étourdies, effrayées, les bêtes se turent. L'homme éteignit sa torche et, accoudé au bastingage, il fuma tranquillement une cigarette.

Tida ne pouvait s'approcher plus près. Il savait maintenant où était Teniky. Il se rappela le conseil du vieil Horace : tenir encore un jour. Il fallait se cacher avant l'aube pour empêcher M. Axwell de se rendre à Nosy Mitsio.

Tel un fantôme, il se dirigea vers le poste de pilotage, gravit l'échelle et entra. C'était beau ! Des instruments de cuivre étincelaient dans la nuit. Il y avait un coffre. Tida l'ouvrit. Entre les gilets de sauvetage, il se fit un nid et s'y recroquevilla, laissant retomber le couvercle sans le claquer. Quelques instants plus tard, il entendit le marin qui remontait en chantonnant.

Puis ce fut le silence, entrecoupé par les messages nasillards d'une radio.

Tida, écroulé de fatigue, s'endormit.

— *El niño* ! L'enfant ! Il s'est sauvé...

Le grand gaillard courait dans les couloirs, tapant aux portes, réveillant tout le bateau.

Chapitre 11

La chasse

L'équipage entier se mit en chasse. Le *Tartaruca* fut visité de fond en comble. On l'illumina de la proue à la poupe, de la cheminée à la soute. Axwell était dans une rage folle. Il hurlait, gesticulait. Il donnait des ordres, il secouait les matelots. Il arpentait le pont et les coursives en s'épongeant le front.

Quand le soleil se leva derrière l'île, personne n'avait retrouvé l'enfant. Le vieil Horace continuait sa grève de la faim, mais son visage souriait. Il avait compris, devant ce raffut, que rien n'était perdu. Un homme siffla la pause du petit déjeuner. Axwell se fit servir dans le poste de pilotage. Assis sur le coffre des gilets de sauvetage, il ne décolérait pas. Heureusement, il n'entendit pas les murmures de l'équipage qui protestait contre cette chasse à l'enfant.

Il n'entendit pas non plus le soupir d'aise que poussa Tida en se réveillant, dans le coffre.

Toute la matinée, les recherches continuèrent. Beaucoup pensaient que le fugitif avait sauté à la mer. À l'heure qu'il était, il devait être mort noyé, ou tranquillement allongé à se reposer sur le sable d'une plage.

— C'est impossible ! criait Axwell. Même un homme fort ne nagerait pas si loin...

— Un complice l'attendait peut-être avec une embarcation.

— Non, je suis sûr qu'il est encore sur le bateau. Il faut l'obliger à se montrer.

Un peu avant midi, Tida, qui tendait l'oreille, se douta qu'il y avait du nouveau. On mettait à l'eau le canot rapide. Une grue ronronnait sur le pont. Le vacarme des chaînes, les appels des hommes trahissaient une manœuvre. La chaleur devenait étouffante dans le coffre, et Tida commençait à avoir faim. Soudain, tous les bruits cessèrent. Un silence lourd accabla le *Tartaruca*, comme avant une tornade.

— Le jeu est fini !

La voix de M. Axwell, amplifiée par des haut-parleurs, tonna d'un coup.

— Sors de ta cachette ! Je t'accorde cinq minutes pour te décider. Ensuite, ce bidon avec les lémuriens plongera. Tu as bien entendu, cinq minutes. Sinon tes amis iront nourrir les poissons. Ne sois pas stupide.

À nouveau le silence s'abattit. Tida, paralysé par la peur, imaginait Teniky suspendu au-dessus des vagues. Il fallait se rendre. Mais le couvercle du coffre était très lourd à soulever. Axwell, assis dessus, savourait une cigarette en attendant.

— Je ne suis pas d'accord, dit le capitaine. Vous êtes trop dur avec ce gosse...

— Taisez-vous. Il s'agit de débarquer la marchandise, et nous avons perdu assez de temps. Je ne vous paie pas pour me donner des conseils. Il reste deux minutes...

Tida tentait vainement de sortir. Mais coincé entre les gilets, il n'avait pas assez de force. À bout, il hurla de toute sa rage, de toute sa terreur.

Axwell se dressa d'un bond. Il n'en croyait pas ses oreilles. Le cri sortait du coffre, là, juste sous lui ! Puis le couvercle sauta brutalement et Tida apparut. Il criait toujours, comme un désespéré. Peu à peu le ton baissa, pour finir dans un long sanglot d'enfant perdu. Stupéfaits, Axwell et le capitaine le contemplaient. Ce dernier s'approcha, se pencha et bredouilla quelques mots pour le consoler. Axwell, lui, commença à rire, un rire fou, un rire aux larmes. Des soubresauts agitaient son gros ventre. Des hoquets secouaient ses épaules rondes. Il se revoyait, assis sur le coffre et l'enfant dedans... Quelle farce !

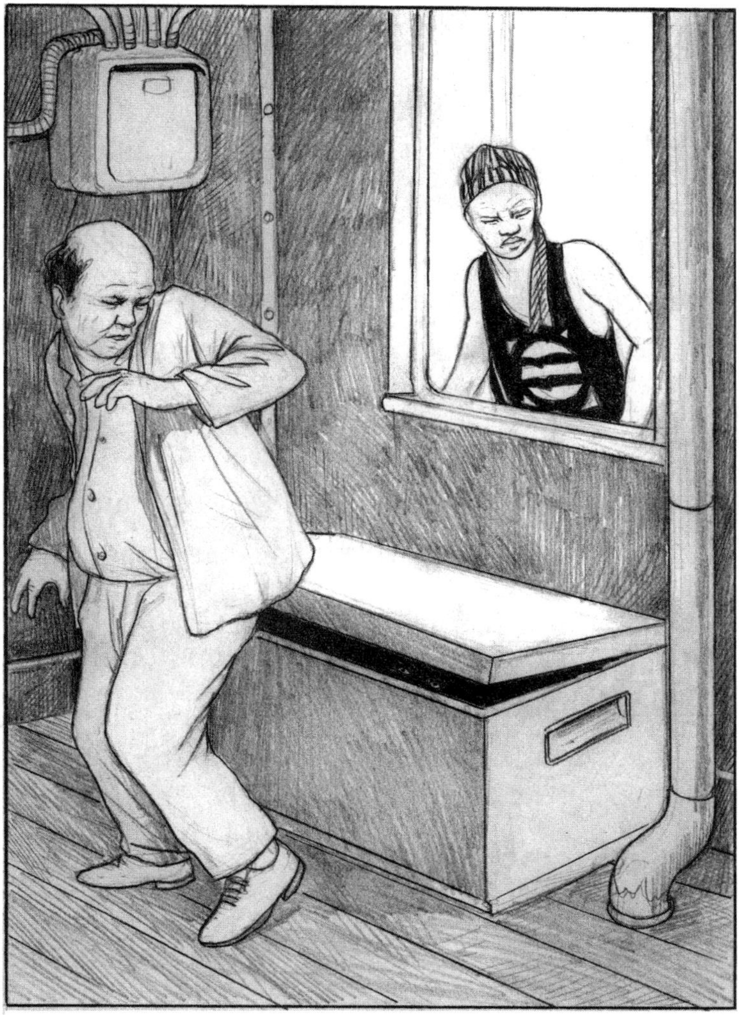

— Eh bien, jeta-t-il entre deux hoquets, te voilà enfin. Il était temps... Regarde !

Au bout d'une chaîne, à l'extrémité d'un treuil, le bidon-cage pendait au-dessus de l'eau.

— Je vous en prie... Arrêtez ! supplia le jeune garçon.

— Nous allons partir tout de suite, et n'essaie pas de me jouer un nouveau tour, ma patience a des limites... Allez, viens.

Axwell saisit Tida par le poignet et l'entraîna vigoureusement sur le pont. Des applaudissements et des rires fusèrent de l'équipage. Les hommes n'étaient pas mécontents de voir leur patron contrarié. Celui-ci leur lança un coup d'œil méchant.

— Au travail, bande de fainéants, la fête est terminée ! Tenez tout prêt pour décharger dès mon retour avec les pirogues.

— J'ai faim, dit Tida.

Un matelot tira une banane de sa poche et la lui tendit.

— Merci… Il faut en donner aussi à mes petits amis.

— O.K. ! cria quelqu'un.

Arrivés à l'échelle de coupée, Axwell fit descendre l'enfant. Dans le canot deux matelots s'affairaient, le moteur grondait déjà.

Bientôt, l'embarcation s'éloigna rapidement, tranchant la crête des vagues.

Le fils de Mokotro suivit tant qu'il le put la manœuvre sur le *Tartaruca*.

Le bidon-cage fut ramené au-dessus du pont et abaissé doucement.

L'homme qui avait promis de nourrir Teniky devait maintenant glisser des bananes et des mangues à travers la grille. Tida l'imaginait, car désormais il ne distinguait plus rien sur le pont. Il y avait de plus en plus d'écume. Le creux de la houle s'enfonçait beaucoup jusqu'à cacher l'horizon derrière des murailles d'eau. Si papa Mokotro avait été là, il aurait dit : « Ça va danser très fort tout à l'heure. »

Chapitre 12

Téphani

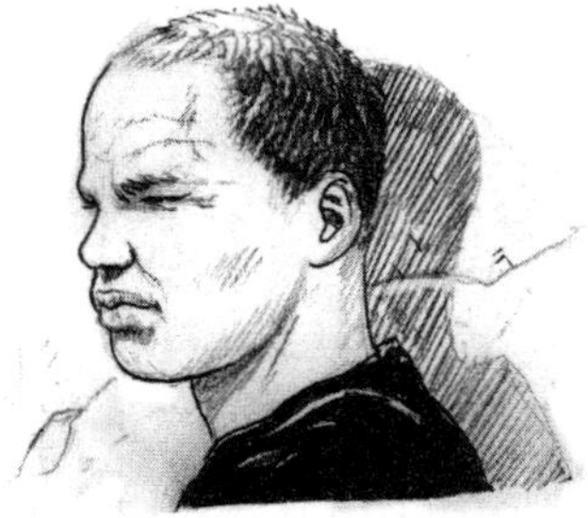

Au village, Téphani écoutait les enfants. Pour eux, le choix était clair et simple : il fallait défendre la Vie. Leur île ne devait pas pourrir petit à petit ainsi qu'une mangue véreuse. Ils imaginaient avec émotion les enfants malades, les poissons flottant le ventre en l'air, la forêt sèche et le vent puant comme la gueule d'un vieux crocodile.

— N'exagérez pas ! disait Téphani, ça n'arrivera pas.

— Tu en es sûr ?

— Tu peux nous le jurer ?

Mais il ne jurait pas. Il finit même par avouer sa propre inquiétude. L'avenir prenait assurément une sale couleur, celle qui ne se lave qu'avec beaucoup de larmes. Un ancien, qui avait rejoint le cercle du palabre et qui était demeuré silencieux jusqu'alors, conclut :

— La poule ne doit pas couver les œufs du serpent !

Téphani fut convaincu. Oui, l'argent de M. Axwell sentait la mort, oui, Mokotro avait raison de se battre et il fallait l'aider. Le bilan se révélait plutôt triste jusqu'à présent. Horace et Tida, enlevés, devaient subir la colère d'Axwell. Mokotro, aveugle, vivait en prison dans sa propre case, avec sa femme et sa fille. Tous les grands garçons se cachaient sur l'île de Mitsio, tels des bandits, et pendant ce temps les hommes du village ne pêchaient plus.

La femme de Téphani travaillait à La Résidence, pour faire les chambres et servir au restaurant. Malgré la discrétion obligatoire dans son travail, elle avait appris la présence parmi les touristes d'un grand spécialiste des yeux. Peut-être accepterait-il de donner quelques conseils pour soigner Mokotro. Il suffisait d'oser lui en parler. Au petit matin, elle se rendit donc à La Résidence. Il y avait avec elle trois autres femmes du village. Elle leur expliqua rapidement ses intentions mais, par crainte de se faire renvoyer, aucune n'accepta de l'aider.

Le médecin se levait toujours très tôt. Il déjeunait seul sur la terrasse, à l'heure où la mer est encore turquoise sous le ciel orangé. C'est à ce moment-là qu'elle l'aborderait. Il arriva bientôt et commanda son menu habituel. Elle le servit et le laissa se restaurer tranquillement. Quand il eut presque terminé, elle s'approcha et lui exposa en quelques mots l'accident de Mokotro. Le médecin fut très gentil et s'intéressa à son histoire, aussi lui proposa-t-elle de rejoindre Téphani, qui attendait un peu plus loin sur la plage.

Quand le pêcheur vit un Blanc venir vers lui, il comprit que sa femme avait réussi.

— Bonjour, je suis le docteur Presloux... Votre femme m'a déjà expliqué.

— Merci. Oui, notre ami est devenu aveugle à cause d'une poudre blanche.

— Où est-il ? Je peux le voir ?

Ils allèrent par la plage jusqu'à la case de Mokotro. Mais quand ils s'approchèrent, les gardes leur barrèrent le chemin.

— Vous n'irez pas plus loin. Que voulez-vous ?

— J'amène un docteur pour soigner les yeux de mon ami.

— Nous ne devons laisser entrer personne.

— Qu'est-ce que c'est que ces histoires ? interrogea le docteur Presloux, intrigué. Soyez raisonnables, vous n'êtes pas de la police. Vous n'avez aucun droit de m'interdire une visite. Il s'agit d'une assistance médicale.

— Et alors ? bougonna l'un des gardes, qui empestait le rhum.

— Alors ?... Même dans les prisons les médecins peuvent intervenir.

— Je vous apporterai une bouteille, promit Téphani.

— Bon, allez-y. Pas plus d'un quart d'heure.

À l'intérieur de la case, l'accueil fut méfiant. Mokotro et Justine crurent à un nouveau piège d'Axwell. Il fallut toute la persuasion de Téphani pour dissiper leurs craintes. Enfin le médecin put examiner les yeux du malade. Tandis qu'il observait l'état des brûlures, il se fit raconter en détail l'accident. L'air grave, il écouta le pêcheur sans l'interrompre. Puis, parfaitement renseigné, il donna son diagnostic.

— Ce sont des lésions sévères provoquées par une projection d'acide. Elles pourront guérir mais nécessitent une hospitalisation.

— L'hôpital le mieux équipé est à Antseranana, sur la grande île. C'est cher... remarqua Justine.

— Il le faudra pourtant. Je dois également identifier la nature exacte du produit. Conduisez-moi là où sont enfouis les fûts.

Téphani n'eut pas le temps de répondre. La porte s'ouvrit brutalement. Les gardes avaient décidé que la visite avait assez duré. Sans ménagement, ils poussèrent le docteur Presloux dehors.

Quand Téphani l'eut rejoint, ils firent semblant de regagner La Résidence.

— Ils ne peuvent plus nous voir, suivez-moi, murmura Téphani.

Après de grands détours par les ruelles du village, ils prirent le chemin de la forêt.

Le soleil chauffait dur déjà, mais sous les arbres régnait une fraîcheur parfumée. Des fleurs énormes coloraient les buissons. Des oiseaux merveilleux s'enfuyaient, surpris dans leurs ébats matinaux.

— C'est ici, chuchota le pêcheur.

Devant eux, la forêt paraissait soudain rabougrie. Les arbres les plus grands ne portaient plus que quelques branches. Un abattage forcené avait laissé une sorte de clairière pelée où la nature essayait péniblement de faire repartir de frêles rejetons.

Selon les indications de Mokotro, les deux hommes trouvèrent la pelle. Avec beaucoup de précautions, ils déblayèrent la terre qui recouvrait les fûts maudits. Ils en dégagèrent sans peine deux que la rouille menaçait déjà de percer.

— Une véritable catastrophe, soupira le médecin.

— Il y en a plusieurs centaines, partout ici, reconnut Téphani, accablé.

— Il faut agir vite. Regardez ce nom encore lisible, c'est un composant chimique très violent... Ces gens sont des criminels ! Il existe des usines pour détruire de tels poisons. Venez, j'en ai vu suffisamment. Il faut alerter d'urgence les autorités.

Chapitre 13

Tempête

L'orage, brutal et violent, les avait rejoints non loin de la côte de Nosy Mitsio. Le canot rapide eut mille difficultés à toucher la plage. Le vent de travers et la houle menaçante s'acharnaient à l'entraîner vers des récifs de coraux à peine visibles. Sans l'aide de Tida, qui connaissait les passes, jamais ils n'auraient abordé sains et saufs. Une vague déferlante projeta enfin rudement le canot sur le sable. Tous les occupants s'affalèrent.

À peine revenus du choc, une seconde vague s'écrasa sur eux, et l'embarcation fut remplie d'eau. Cette fois, ce fut le sauve-qui-peut général vers la terre ferme.

Le campement des enfants était totalement désert.

À l'abri d'une case rudimentaire, Axwell et ses deux matelots s'égouttèrent un moment. Tida reprenait son souffle, pas mécontent de l'aide inattendue du ciel. La pluie crépitait comme du riz dans l'huile. On n'y voyait pas à cent mètres.

— Où sont tes camarades ? Tu dois les faire revenir tout de suite... Je veux les pirogues... Allez, appelle-les.

— Ohé, ohé !... C'est Tida ! Venez... C'est moi !

Les bruits du vent, de la mer et de la pluie couvraient sûrement la voix du garçon. Personne ne répondit.

— Le canot... Monsieur... Il s'en va ! cria un marin.

Soulevé par un paquet de mer comme un vulgaire bouchon, le petit bateau s'éloignait en chahutant.

— Il va couler... il est plein d'eau ! hurla l'autre marin en dévalant la plage.

Axwell se précipita lui aussi pour essayer d'éviter la catastrophe. Mais il était trop tard. L'océan rageur emportait sa prise au large. Les hommes assistèrent impuissants au naufrage. Les récifs coralliens réduisirent en miettes lamentables ce qui avait été le canot rapide de M. Axwell.

Comme par magie, la troupe des enfants surgit des bois en hurlant et en dansant sous la pluie. Ils se moquaient sans retenue du gros homme hébété, assis, dégoulinant, sur la plage. Malgré les gestes menaçants des marins humiliés, une joyeuse sarabande s'agita sur l'air d'une chanson malgache. Tida, comme libéré par la joie de ses amis, ajouta un couplet inédit où Axwell reconnut son nom au milieu de l'hilarité générale.

Excédé, il se releva, plus ventru que jamais dans ses vêtements collés par la pluie.

— Taisez-vous, petits crétins ! Taisez-vous.

Mais ils ne se turent pas, l'obligeant à se réfugier avec ses matelots dans une hutte où séchait du poisson.

Cela ressemblait à une victoire. Pourtant Tida, pensant à Horace, à Teniky et à papa Mokotro, savait bien que la guerre n'était pas gagnée. Regroupant ses camarades dans une case, il leur exposa la situation.

Le cours des événements ne tournait pas à leur avantage. Une grande déception chassa leur joie au fur et à mesure qu'ils apprirent les manigances de M. Axwell.

Ils décidèrent donc de rassembler les pirogues dès que la tempête s'apaiserait. Il fallait faire vite pour sauver Horace.

Le soleil réapparut bientôt, tout rouge. La mer et le vent, encore très forts, devinrent moins dangereux. Les enfants s'éparpillèrent. Une à une, les pirogues rendues s'alignèrent sur le sable. Le gros homme, à peine sec, arpentait la plage avec un sourire satisfait. Il ne disait rien, convaincu d'avoir enfin maté la résistance des gosses. Quand la nuit tomba, la flottille était complète.

— Tout le monde embarque, ordonna-t-il.

— C'est risqué dans le noir, remarqua Tida.

— Assez de temps perdu ! hurla Axwell.

— Nous ne savons pas naviguer la nuit...

— Menteur ! Allez, tout le monde aux bateaux ! Si je ne suis pas de retour demain sur le cargo, tu ne reverras jamais ton singe !

— Teniky n'est pas un singe, protesta Tida, mais il embarqua.

Axwell éclata d'un mauvais rire. Il fit monter ses matelots dans la même embarcation. Lui-même s'installa dans une belle pirogue jaune et bleu. Il insista pour que l'on hisse les voiles. Le vent arrière s'engouffra dans les toiles, poussant les petits bateaux à vive allure. Les balanciers éperonnaient les vagues et décollaient avant de frapper l'eau vigoureusement. Les enfants faisaient attention à rester groupés et à garder le cap. De temps en temps, une bourrasque fouettait les voiles. On entendait grincer les mâts qui tiraient sur le cordage comme des bêtes effrayées. Malgré son poids, Axwell rebondissait à chaque vague un peu forte. Il se cramponnait ferme aux bords. D'habitude, au retour de la pêche, les chants, les appels passaient d'une pirogue à l'autre ; mais dans cette nuit agitée, chacun écoutait, concentré sur sa peur.

Il était plus de minuit quand ils aperçurent les feux du village. La lune ronde et tranquille avait calmé la mer. Axwell débarqua parmi les premiers. Il sauta, de l'eau jusqu'à la poitrine, tellement soulagé d'en finir avec ce périlleux voyage. Très vite, la nouvelle du retour des garçons réveilla les habitants. Partagés entre la joie et la colère, les pères et les mères serraient leurs enfants dans une bruyante pagaille. Pour un peu, une fête improvisée aurait rassemblé tout le monde si Axwell n'était intervenu.

— Au travail, mes amis ! Il faut tout décharger avant demain matin. Aux pirogues... Vite !

Il y eut une hésitation dans la foule. Les hommes se regardèrent.

— Eh bien ! Qu'est-ce que vous attendez ?

— Le docteur a dit que c'était du poison !

— Quel docteur ? Quel poison ? Vous êtes fous ! C'est un trésor. Dans quelques années, un autre bateau viendra et on vous achètera très cher la poudre. Il faut y aller maintenant, que ceux qui refusent me donnent leur nom pour que je les raie de ma liste. Les autres se partageront tout l'argent...

Une dizaine de pêcheurs sortit de la foule et se dirigea vers les pirogues.

Axwell attendit, il espérait plus de volontaires.

— Tant pis, cria-t-il, vous le regretterez !

Chapitre 14

Le retour

Comme les autres garçons, Tida regagna sa maison. Les gardes étaient partis. Ils ne servaient plus à rien. Maman Justine, tout en joie, se mit vite à la cuisine. Lavant les mangues et le riz, elle posait plein de questions. Le jeune garçon raconta comment Horace luttait sur le bateau en faisant la grève de la faim. Il rapporta les mystérieuses paroles du devin : « L'oiseau qui regarde et qui sauvera l'île. »

Papa Mokotro ne trouva pas le sens caché de ce message ; mais puisque Horace gardait confiance, il ne fallait pas désespérer.

Zana apprit à son frère que Téphani les avait rejoints.

— Il a réussi à convaincre beaucoup d'hommes de ne plus s'approcher du cargo maudit...

— C'est magnifique !

— Il a amené un docteur de La Résidence, un grand docteur des yeux...

— Il va guérir papa ?

— Il faudra aller à Antseranana, mais il guérira.

L'hôpital coûterait cher. Comment payer ? Zana suggéra de demander à M. Axwell. Tout était sa faute.

— Il n'acceptera pas, après ce que nous avons fait, soupira Tida.

— Vendons la charrette, dit Mokotro, ce sera aussi l'argent d'Axwell.

On frappa à la porte. C'était Téphani. Il apportait des nouvelles. Le docteur Presloux s'était rendu à la ville pour faire analyser la poudre. Hélas, cela n'arrêterait pas le déchargement. La discussion sur l'avenir du village s'éternisa, si bien que Tida, épuisé, s'endormit sur sa natte.

— Il n'a même pas mangé ! s'inquiéta Justine.

C'est ainsi qu'il n'entendit pas Téphani annoncer que le médecin avait réussi à persuader d'autres pêcheurs. De plus, trois familles seulement proposaient leurs charrettes. Les fûts attendraient longtemps sur la plage avant d'aller se faire enterrer dans la forêt.

— Tout n'est pas perdu, demain il fera jour ! dit Téphani en guise de bonsoir.

— Gardons espoir ! répondit Mokotro.

Peu après, maman Justine éteignit la lampe. Elle savait que le sommeil ne viendrait pas pour elle ni pour son mari, mais Zana dormait à présent près de son frère. La tempête laissait un ciel nettoyé où brillaient les étoiles. Les palmes des cocotiers frissonnaient doucement. Les vagues tranquilles retrouvaient leur cadence sur le sable.

Mokotro se souvenait du bruit des poulies, du choc des fûts dans sa pirogue. Il se revoyait, fier de son chargement, filer à toute voile vers la plage. Il imaginait facilement, en ce moment, l'effervescence sur le *Tartaruca*. Ainsi, malgré leurs efforts, Axwell allait gagner. Pour la seconde fois, la tortue de fer déposerait ses maudits œufs empoisonnés sur l'île de Nosy Be. Et pendant ce temps, on dansait à La Résidence.

Quand les premières pirogues touchèrent la plage de Babakoto, il y eut des cris. Un groupe d'hommes conduit par Téphani essayait de convaincre les volontaires de ne pas continuer leur sale besogne. Mais ceux-ci répondirent par des insultes et des menaces. On en arriva presque à la bataille rangée. Des noix de coco volèrent autour des pirogues, et le déchargement fut difficile.

— Où est Horace ? demanda quelqu'un.

— Il sera du dernier voyage, avec le lémurien de Tida. Plus vous nous retarderez, plus ils attendront.

Axwell ne respectait pas sa parole.

Les fûts se trouvaient alignés sur la plage ; mais de charrettes, point. Sans doute leurs conducteurs avaient-ils eu peur de l'affrontement.

Téphani décida d'occuper les lieux jusqu'à la fin des opérations. Il espérait qu'au moins le *Tartaruca* ne reviendrait jamais plus. Juste avant l'aube, Mokotro arriva, guidé par Justine. Il fut accueilli avec empressement, comme un chef.

— Ce n'est pas moi qu'il faut saluer, dit-il, ce sont nos enfants ! Sans eux, nous aurions tous pris la mer et Axwell serait revenu encore et encore. Notre île aurait pourri, notre forêt et nos cœurs seraient devenus secs.

Au deuxième déchargement, les cris et les insultes reprirent de plus belle.

— Restons calmes, ordonna Mokotro. Demain, le travail sera achevé, et nous devrons continuer à vivre ensemble. Ne divisons pas notre village, n'ajoutons pas la guerre entre nous. Ceux qui déchargent le bateau sont aussi des victimes ! Nous pouvons seulement les supplier d'arrêter.

La première lueur de l'aube approchait, le ciel pâlissait. Les étoiles fondaient dans la clarté, une à une. Les pirogues débarquèrent leur troisième cargaison au grand jour.

À ce rythme, l'opération durerait sûrement jusqu'au lendemain. Les femmes allumèrent des feux pour faire la cuisine. Un vieux bonhomme édenté se mit à gratter les cordes végétales de son *valy*[1]. Bientôt tous chantèrent avec lui une ritournelle : « *Mamy ni aina*... La vie est douce... »

— Venez donc manger ! cria quelqu'un aux piroguiers volontaires.

Les dix pêcheurs étaient visiblement fatigués. Devant eux, le village, assis, manifestait sa désapprobation.

À ce moment survint le docteur Presloux, accompagné de quelques touristes. Les villageois applaudirent.

1. Instrument réalisé dans le fût d'un gros bambou.

— Allez-y, prenez des photos... Les bidons surtout... Et n'oubliez pas les inscriptions.

Un touriste, qui possédait un zoom puissant, prit des clichés du cargo.

Bien éclairé par le soleil levant, le *Tartaruca*, immobile au large, constituait une jolie cible.

— Avec ça, criait le médecin, nous allons déclencher un scandale ! Je vous le promets, je ferai tout pour que cessent ces pratiques criminelles ! Tenez bon, nous gagnerons.

Mais, malgré les applaudissements et les acclamations, l'optimisme se brisait comme les vagues de Babakoto sur les dizaines de fûts déjà débarqués !

Chapitre 15

L'œil du ciel

Axwell redoutait de prolonger ainsi le débarquement sur plusieurs jours. Le *Tartaruca* pouvait attirer l'attention des garde-côtes. Il n'oubliait pas l'erreur de Djibouti où les navires de la marine française avaient surpris le cargo juste avant le déchargement. Axwell s'était échappé de justesse pendant la nuit. Mais la presse s'était emparée de l'affaire, et les jours suivants tous les ports du monde guettèrent l'entrée du bateau.

Heureusement la mer est vaste et Axwell s'y était fait petit. Maintenant, il ne pouvait plus attendre. Déjà certains fûts laissaient suinter un épais liquide vert et nauséabond. Trois matelots, à l'infirmerie, souffraient d'une étrange maladie. Des plaques rouges apparaissaient sur leur peau pour sécher ensuite comme sous un trop fort coup de soleil. Ils avaient la fièvre et vomissaient beaucoup. Ils ne parvenaient pas à se tenir debout, vacillant comme des ivrognes. L'équipage commençait à murmurer.

Axwell se rendit à Djamandjary, sur la côte est de l'île. La grosse bourgade vivait principalement de la canne à sucre. Une odeur subtile de rhum y parfumait les ruelles, d'une distillerie à l'autre. À cette époque de l'année, la canne n'était pas encore coupée et beaucoup d'ouvriers cherchaient du travail. Il fut ainsi facile au petit homme ventru d'embaucher à bas prix une troupe de quarante gaillards attirés par le rhum et les billets. Il loua ensuite cinq canots à moteur. La nouvelle flottille mit le cap sur le cargo.

Dès son retour à bord, le capitaine l'informa de l'état inquiétant du vieil Horace. On pouvait maintenant craindre une mort rapide.

— Ce radoteur n'a que ce qu'il cherche, occupez-vous d'abord du travail ! répondit Axwell, irrité.

Quand les renforts de Djamandjary abordèrent à Babakoto, on frisa l'émeute, il y eut des bousculades, des coups de poing. Mokotro et Téphani durent s'interposer pour éviter la bagarre générale.

— C'est Axwell qu'il nous faut ! Qu'il vienne ici !... criaient les villageois.

Il y eut bientôt environ deux cents gros bidons sur le sable.

— Bloquons les charrettes, proposèrent des hommes.

D'autres envisagèrent l'assaut du cargo pour l'empêcher de fuir après l'opération. Les femmes échafaudaient des plans afin de séquestrer Axwell dès qu'il oserait poser le pied sur Nosy Be.

Sur le cargo, la manœuvre de déchargement se terminait. La dernière pirogue recevait son dernier fût. Axwell, très agité, avait fait descendre un homme à l'échelle de coupée pour payer les pêcheurs. Ensuite, il fit amener Horace. Le vieillard, très digne, tenait péniblement sur ses jambes. Sa longue tunique était plus crasseuse que blanche. Le laisser prendre l'échelle aurait été criminel. À bout de force, il ne pourrait jamais atteindre la pirogue qui devait le ramener sur son île.

— Dans le filet ! ordonna Axwell... Vite.

On fit allonger Horace dans un grossier filet de cordage. La grue grinça à nouveau, balançant son étrange charge au-dessus de l'eau. Les pêcheurs juraient en voyant ainsi se faire humilier leur sage. Ils eurent beaucoup de difficultés à le récupérer. Remplis de honte, ils le libérèrent au moment même où un avion venu de l'horizon au ras de l'eau survola les bateaux.

— L'oiseau... Je l'ai vu ! cria Horace. Nous sommes sauvés !

L'appareil alla virer au-dessus de la plage. Tida, en le voyant, se souvint des paroles du devin : « L'oiseau qui regarde et qui sauvera l'île. »

— C'est un avion militaire, expliqua le docteur Presloux. Enfin, ils se sont décidés... Quand je suis allé porter la poudre, j'en ai profité pour avertir les autorités maritimes. Je croyais qu'ils m'avaient pris pour un fou. Heureusement, non ! Les voilà !

Les vedettes ! Là-bas...

Sortant de derrière le Crocodile, trois vedettes rapides fonçaient sur le *Tartaruca*.

Axwell aussi les aperçut. Il fit mettre en avant toutes. Trop tard ! Le gros cargo fuma comme un volcan. Il vibrait sous la poussée de l'hélice, mais sa vitesse ne suffit pas à l'éloigner des côtes.

Soudain, une gerbe d'eau jaillit devant lui.

— Ils tirent ! Je stoppe ! cria le capitaine.

— Non ! Ils n'oseront pas nous toucher, répondit Axwell.

— C'est moi qui commande ce bateau. Stoppez les machines, ordonna le capitaine.

La radio grésilla. Une voix retentit :

— Appelle *Tartaruca*... Appelle *Tartaruca*... Police maritime... Montons à bord !

L'abordage s'effectua sans problème pour deux vedettes. La troisième vira de bord et s'approcha du rivage. L'avion passa une dernière fois en rase-mottes avant de disparaître.

Médusés, les habitants du village assistaient à tout cela comme à un spectacle. Pendant des temps de silence, l'un ou l'autre commentait les événements. Puis la clameur s'élevait, les cris, les applaudissements débordaient.

— Et maintenant, qu'est-ce qui se passe ? demandait Mokotro.

— La police est sur le cargo...

— Bravo ! hurlaient les villageois.

— Ça va leur coûter cher, répétait le docteur Presloux. J'en parlerai en France... Promis !

POLICE

La vedette toucha la plage. Les policiers débarqués repoussèrent aussitôt la foule joyeuse.

— Que personne ne touche à ces fûts ! Ils sont saisis au nom de la loi, dit un jeune officier avec beaucoup de prestance.

— Il y en a d'autres là-bas dans la forêt, révéla Tida.

L'officier se fit tout raconter. Il retourna sur la vedette et appela par radio des renforts de la ville pour dresser un inventaire complet. Ensuite, il réquisitionna des hommes pour installer un périmètre interdit autour de la fosse. Ils allaient partir pour la forêt, quand les dernières pirogues arrivèrent.

Les pêcheurs, effarés par le remue-ménage, coururent se réfugier au milieu des habitants. Ils craignaient d'être arrêtés comme complices. C'est ainsi qu'Horace reprit pied sur son île, aidé par des enfants qui le portèrent.

Toujours aussi digne qu'un roi, il demanda à voir Tida. Mais le garçon s'était écroulé sur le sable et pleurait à faire pitié. Teniky aurait dû être là, avec Horace. Axwell ne respectait pas sa parole. Peut-être même avait-il noyé tous les petits lémuriens. L'officier s'avança et le questionna sur son chagrin. Les sanglots furent la seule réponse.

Zana expliqua à la place de son frère. Sous sa belle casquette blanche à galons, le jeune homme écouta gravement. Puis il ordonna à un policier de prévenir les vedettes au large. Il y avait des lémuriens captifs sur le bateau. Ce serait une accusation de plus contre ce M. Axwell.

À midi, l'affaire était terminée. Le bateau maudit fut dirigé sous escorte vers le port d'Andoany. La police malgache le retiendrait aussi longtemps que l'enquête le nécessiterait. La plage de Babakoto devenait zone interdite, comme la forêt. Des pancartes avec des têtes de mort signalaient le danger.

Le village organisa un *paddy* géant. Toutes les femmes apportèrent les aliments et l'on fêta la fin du cauchemar. Les dix pêcheurs offrirent leur dernier salaire à Mokotro pour qu'il puisse aller se faire soigner à Antseranana. Ce geste apaisa toutes les rancœurs. L'argent d'Axwell, prix du pardon, réparerait le malheur.

La fête fut vraiment complète quand une Jeep déboucha en trombe. Le jeune officier, arborant un grand sourire, ramenait tous les lémuriens. On ouvrit la cage, et Teniky sauta au cou de son jeune maître.

Ses compagnons s'enfuirent à toutes jambes vers la forêt sous les rires des villageois. Justine racontait sans se lasser à son mari. Elle lui disait comment Horace dévorait, à l'ombre du baobab, comment son fils retrouvait enfin son visage d'enfant heureux.

Le bonheur de Tida, la tendresse du lémurien devinrent une fête dans la fête. Ils se cajolaient l'un l'autre, ils dansaient. L'enfant riait, et dans les grands yeux orange de son ami brillait une humidité émouvante. Mais les animaux ne pleurent pas, même de joie...

Chapitre 16

Éden

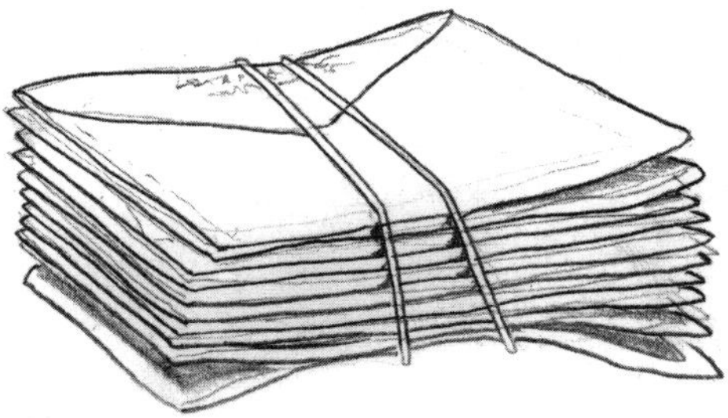

Le lendemain, l'île fourmillait d'étrangers. Des policiers, des soldats, des techniciens qui questionnaient ici et là. Des journalistes, des curieux fouinaient partout. Un homme et une femme, européens, demandèrent à rencontrer Zana et Mokotro pour faire un reportage. Ils insistaient beaucoup.

— Nous n'avons rien de plus à dire que les autres... protestait le pêcheur.

— Notre journal, l'*Éden*, a reçu ces derniers jours des centaines de lettres nous suppliant d'agir pour vous.

— Pour moi ! Mais qui envoie ces lettres ?

— C'est impossible ! s'esclaffa Justine en agitant les mains au ciel.

— Madame, reprit la journaliste, ce sont des collégiens de France, regardez.

L'homme ouvrit son gros sac de voyage et en tira une liasse d'enveloppes.

— Vous voyez...

Mokotro évidemment ne voyait rien, Justine qui ne savait pas lire ne vit que des enveloppes ! Zana et Tida restèrent bouche bée, muets de surprise.

— Nous avons aussitôt alerté les autorités de votre pays. Elles ne nous auraient pas crus, mais, continua la journaliste, nous n'étions pas les seuls. L'association Terre-Avenir a elle aussi prévenu les autorités malgaches d'un possible débarquement clandestin de produits toxiques. Hier nous sommes arrivés juste à temps pour accompagner les garde-côtes. Un de nos amis cameraman a tout filmé depuis l'avion. Et nous sommes montés sur le *Tartaruca*.

— L'œil du ciel. Bien sûr… marmonna Mokotro pour lui-même.

— Nous pensions que c'était le docteur qui avait tout déclenché.

— Eh bien non ! répondit la journaliste. C'est votre fille Zana. Ces lettres sont la réponse au courrier qu'elle a expédié il y a quelque temps à sa correspondante… Une certaine Bénédicte, je crois, c'est ça ?

— Oui… Oui, bégaya la fillette, très émue.

Justine la serra dans ses bras et l'embrassa.

— Tu vois, continua la femme, tu as eu raison de croire que les petits élèves français pouvaient t'aider. Il faut reconnaître que ton amie Bénédicte n'a pas hésité. Elle a remué ses camarades, ses parents. Elle a convaincu ses professeurs, le maire de sa ville, l'ambassade de Madagascar… Elle a été formidable et très efficace.

— Et rapide ! ajouta Mokotro.

— Quel dommage qu'elle soit si loin, j'aurais eu tant de joie à la remercier !... Je vais lui écrire dès aujourd'hui.

— On pourrait faire mieux, mademoiselle. Voulez-vous sortir ? Quelqu'un vous attend devant la maison...

Zana avait compris, mais c'était si inimaginable, si extraordinaire ! Elle n'osait y croire. Son cœur cognait fort. Cela devait se voir. Elle avança lentement vers la porte. La lumière aveuglante du soleil l'arrêta sur le seuil. Pour calmer la vague d'émotion qui bouillonnait en elle, elle demanda d'une voix tremblotante :

— Bénédicte est là ?

— Venez, répondirent en souriant les deux journalistes, ravis.

Zana sortit.

Deux fillettes, face à face sous l'ardeur écrasante, immobiles un bref instant, puis se précipitant dans les bras l'une de l'autre, voilà ce que virent les gens. Elles avaient tant de choses à se dire qu'elles ne parvenaient qu'à bredouiller maladroitement leurs prénoms. Elles riaient et pleuraient, se serrant les mains.

Enfin, Bénédicte tendit à son amie une enveloppe.

— Tiens. Mes amis... Tes amis t'offrent ceci.

— Qu'est-ce que c'est ?

— Ouvre et regarde, je crois que tu seras contente.

Zana décacheta la lettre avec précaution. Elle y découvrit un chèque avec une grosse somme et un petit mot tout simple : « Pour guérir les yeux de ton papa. »

La fillette ne retint plus ses larmes de joie. Il y avait largement de quoi payer l'hôpital.

— C'est... C'est... Merci... Merci...

Bénédicte et les journalistes de *l'Éden* séjournèrent quatre jours au village. Ce fut assez long pour réaliser un bon reportage, mais beaucoup trop court pour tous les jeux, toutes les promenades, toutes les baignades et autres plaisirs à partager entre enfants.

Teniky adopta rapidement Bénédicte. Grimpé sur son épaule, il lui volait ses friandises. Zana, très fière, faisait le guide et ne quittait pas un instant son amie. Pour un peu elle aurait été jalouse de tous ceux qui l'approchaient. Le soir, Justine ne parvenait pas à mettre fin à leurs bavardages. Profitant jusqu'à l'épuisement de leurs forces, les deux fillettes ne se taisaient que vaincues par le sommeil.

Rien ne put empêcher la venue du dernier jour. Pas une seconde ne fut gaspillée. La Résidence offrit le déjeuner. Mokotro y reçut un accueil digne d'un prince, mais la cuisine raffinée, la musique, les lumières ne dissipèrent pas l'amertume que chacun essayait de cacher sous de courageux sourires. Les journalistes firent promettre à maman Justine qu'elle laisserait Zana faire un séjour en France quand l'*Éden* lui proposerait le voyage.

Zana regardait la trace blanche d'un avion dans le ciel. Pour ne pas pleurer, elle fredonnait doucement : « *Mamy ni aina*, la vie est douce... »

TABLE DES MATIÈRES

Imprimé à Barcelone par:

BLACK PRINT

Composé par Nord Compo Multimédia
7, rue de Fives, 59650 Villeneuve-d'Ascq

Dépôt légal : septembre 2013
N° d'édition : L.01EJEN000989.N001
Loi n° 49-956 du 16 juillet 1949
sur les publications destinées à la jeunesse